à Joseph Ménard

souffrez, ami, que je
vous offre ce bouton arraché
à la culotte de Mme Hello

Léon Bloy

ICI

ON ASSASSINE

LES GRANDS HOMMES

ICI ON ASSASSINE LES GRANDS
HOMMES ★ PAR LÉON BLOY ★
AVEC VN PORTRAIT ET VN AVTO-
GRAPHE D'ERNEST HELLO.

PARIS ★ ÉDITION DV ME
RCVRE DE FRANCE ★
15, RVE DE L'ECHAYDÉ-SAI
NT-GERMAIN ★ M DCCC XCV
★ TOVS DROITS RÉSERVÉS.

DU MÊME AUTEUR :

Le Révélateur du Globe (Christophe Colomb et sa Béatification future), Préface de J. Barbey d'Aurevilly.

Propos d'un Entrepreneur de Démolitions.

Le Pal, pamphlet hebdomadaire (4 numéros).

Le Désespéré, roman.

Un Brelan d'Excommuniés (J. Barbey d'Aurevilly, Ernest Hello, Paul Verlaine).

Christophe Colomb devant les Taureaux.

La Chevalière de la Mort (Marie-Antoinette).

Le Salut par les Juifs.

Sueur de Sang (1870-1871). Trois dessins originaux de Henry de Groux. Portrait au miel de Léon Bloy par Charles Cain.

Léon Bloy devant les Cochons.

Histoires désobligeantes.

ERNEST HELLO EN 1870
d'après une photographie appartenant
à LÉON BLOY

Fac-similé d'une carte postale
adressée à Léon Bloy le 25 (*mois illisible*) 1879.

ICI
ON ASSASSINE
LES GRANDS HOMMES

—

I

> Terre et Ciel, vous ne pouvez pas
> mépriser celui qui vous parle, CAR *il*
> *est faible en vérité !*
>
> Je n'ai à moi que mon gémissement.
> ERNEST HELLO.

Voilà dix ans qu'il est enterré, le pauvre Hello !
Bientôt dix ans. Les catholiques ne l'ont pas raté.

Le Lamentateur prodigieux qui pleura sur leur sottise ou leur infamie s'en est allé promener son gémissement dans les vallées sombres ou dans les vallées lumineuses des « dormants ».

L'Illusion de le voir encore sur la terre est le partage exclusif d'un groupe de préférés du Malheur, bienvenus à l'effrayante bénédiction d'admirer notre Henry de Groux, peintre des carnages, dont la ressemblance physique avec ce pousseur de cris est à dérouter la Mort.

Ah ! certes, ils ne manquèrent pas leur coup,

les cochons de la prière ! Ils y mirent le temps, je ne dis pas non, mais quel triomphe, à la fin !

Sans doute, Hello outragé, conspué, ridiculisé trente ans, par toute la racaille des chemins de croix, c'était beau ! Mais Hello tué par le chagrin, Hello à six pieds sous terre, Hello ajourné à la Résurrection des morts, c'était bien plus beau !

Cet empêcheur de croupir en rond ayant disparu, on allait pouvoir s'entrelécher et se pourlécher à l'aise, et se bichonner le suçoir, et se caresser la trompe, et se congratuler l'appendice, dans les encoignures champignonneuses des sacristies colonisées par les cancrelats.

On ne prévoyait pas que ses livres, qui n'avaient pu être enterrés avec lui dans la fosse étroite où la vermine des tombeaux ne les eût peut-être pas autant méprisés, allaient lui survivre.

Comment deviner, quand on est la légion des cuistres, que des œuvres non estampillées par l'admiration des ecclésiastiques sonores parviendraient, un jour, à s'évader du puits de silence où l'hostilité fangeuse des journaux soi-disant chrétiens avait cru les engouffrer ?

Or ce fut précisément ce qui arriva. La haine crapaude fut vaincue. Les livres du malheureux Hello reparurent.

A défaut du *Style* qui fait les œuvres impérissables, il avait l'éloquence telle qu'elle d'un enthousiasme toujours déchaîné, d'une imagination toujours pathétique, mais surtout il avait l'accent, l'introuvable accent de la plus merveilleuse douleur.

Il n'avait pas autre chose, l'infortuné, et il le sentait fort bien, lui qui voulait qu'on l'appelât *le pauvre des pauvres.* Mais c'était assez pour qu'il cessât d'être obscur, pour qu'il commençât de resplendir à soixante milliards de lieues des boutiques de la dévotion, et cela criait vengeance.

II

Ernest Hello m'a bien souvent *regardé*, je suis sûr qu'il ne m'a jamais vu.

CHARLES BUET.

Elle est venue, la vengeance, et vous allez voir si elle est malpropre. Les gens de « piété solide » sont, en général, mieux avertis que les fragiles, de l'efficacité souveraine du ridicule quand on veut abattre la Grandeur.

Ernest Hello, relaps de la Vie et de la Lumière et, par conséquent, désigné pour la seconde fois à l'ange exterminateur qui fonctionne chez les marguilliers, devait être frappé du glaive infaillible.

Il s'agissait d'écrire un semblant de panégyrique de la niaiserie la plus profanante, capable de dégoûter d'Isaïe même et d'obscurcir jusqu'à la constellation du Cygne.

Pour une telle besogne, il fallait un de ces imbéciles accablants, formés à l'école de la vertu et qui semblent n'apparaître que pour nous aider à concevoir la Solitude impénétrable de Dieu.

Cette « marguerite précieuse », pour l'acquisition de laquelle il est recommandé de tout vendre, pouvait-elle se rencontrer ailleurs qu'à Lyon, colonie catholique du blême Calvin, comme chacun sait, où le pédantisme et la chiennerie pharisaïques sont inégalables ?

Je me suis quelquefois offert, non sans délices, la tête onctueuse d'un polygraphe trop connu que Barbey d'Aurevilly se complaisait à dénommer euphémiquement *grenouille à lunettes*.

Le panégyriste lyonnais d'Ernest Hello paraît être un de ses élèves et me force naturellement à y penser. Mais il n'est qu'un de ses élèves et tellement au-dessous du maître que celui-ci, par comparaison, m'assomme de sa majesté. Le batracien, tout à coup, s'enlève du sol, crève la nue, lance des paquets de tonnerres...

Peu importe le nom de l'insecte, n'est-ce pas ? Il est même sans intérêt de rechercher si son bouquin, véritablement criminel, fut cochonné avec de bonnes ou de mauvaises intentions. Il suffit, je pense, de savoir que la haine la plus basse et la plus perfide n'aurait pu s'y prendre mieux pour avilir un grand homme.

Raconter les vertus de la famille, de plusieurs familles, les mots de l'enfant sublime, les paroles mémorables des papas et des mamans, les angéliques élans du jeune homme, les projets de mariage, l'indicible pureté d'âme des fiancés et leur union sous les yeux des séraphins; — choses qui devaient rester dans une ombre fière; — enfin ressasser Madame Hello, la divine *Maman Zoé* en combien de pages, grand Dieu !... Et tout cela, du commencement à la fin, dans cette forme chassieuse, coulante et froide comme les scrofules, qui caractérise les prospectus de chemisiers pour ecclésiastiques ou les sacrilèges notices de propagation excogitées par des soutaniers libidineux !

Un peu plus loin, — car je m'accuse de m'être détourné plusieurs heures du Saint Livre pour déchiffrer ce bavardage, — un peu plus loin, dis-je, l'auteur s'emballe dans la direction des gouffres de gloire.

Il frotte sur son derrière l'allumette du dithyrambe et nous déclare, entre autres choses, qu' « Hello lu et compris illuminerait l'esprit moderne », que « sa gloire, *qui est celle de Dieu*, eût été le bonheur d'un siècle ». En passant il le compare au Soleil. « Hello me fait l'effet d'habiter ce point central et, *en même temps, supérieur* (!), qui, dans le monde de l'intelligence, correspond au Soleil, centre céleste des mondes, foyer géant qui est la synthèse des rayons avant leur dispersion dans l'espace. »

Qu'on essaie de se représenter un homme assez

colossal, un mortel assez surhumain pour ne pas
crouler sous cette avalanche de bêtise !

Bien que je ne passe pas pour un écrivain qui
respecte infiniment son lecteur, je n'oserais prendre sur moi de multiplier ces abrutissantes cita-
tions. Mon Lyonnais n'est pas seulement un idiot,
c'est en outre un philosophard de l'engeance
disgracieuse des philosophards protestants, qui
veut absolument voir un méthaphysicien de son
écurie dans le lamentable et naïf poète qu'il déshonore.

« Les penseurs me comprendront », dit-il quelquefois d'un air entendu, quand il marche sur des
pois qu'on a oublié de faire cuire.

Incapable de découvrir ou de soupçonner
l'étonnante *inégalité* d'Hello qu'il appelle « un
styliste de premier ordre » (!), il annonce à chaque instant qu'il va citer quelque chose de sublime, et c'est presque toujours une platitude.

Il faut être mâtiné de Genève pour avoir un
pareil flair. Écoutez-moi ça :

« Paul voit une chose d'un certain côté ; il la voit
blanche.

« Pierre voit la même chose d'un autre côté ; il la
voit noire.

« Tous deux ont raison, tous deux ont tort, car la
chose est blanche d'un côté et noire de l'autre.

« Elle est blanche ! s'écrie Paul.

« Elle est noire ! s'écrie Pierre.

« Et voilà deux ennemis. »

C'est du Hello, ces quelques lignes en enfance,
du Hello à cacher à tous les yeux, du Hello à
jeter dans les latrines. Eh bien ! le Jocrisse veut
qu'elles ouvrent une échappée sur la philosophie
de son *soleil*, « la grande philosophie de l'esprit
LARGE ! »

Car tel est son mot et tel est son vœu. Partout
où un homme écrirait *hauteur* ou *profondeur*, il
écrit victorieusement *largeur*, et il piaffe sur la
vendange.

Il lui faut une morale large, un art large, une

critique large, une science large, *une histoire large*, une philosophie large, une religion large, une littérature large. Cela fait, je crois, huit choses larges, comme il y a huit Béatitudes dans le Sermon sur la montagne. C'est tout de même beaucoup à la fois pour un crapoussin de lettres.

Ces litanies nous conduisent naturellement à M⁽ᵐᵉ⁾ Hello qui a inspiré ce bavard et de laquelle il me semble que j'ai quelque chose à dire.

III

> On a tué en moi ce qui est moi, ce qui eût été moi.
>
> ERNEST HELLO mourant.

« Plus heureux que Jacob », raconte l'historien surabondamment qualifié dans les alinéas qui précédent, « Ernest Hello eut mieux qu'une pierre où reposer sa tête, *sa tête lourde du poids de ses pensées*, il eut un cœur ; mais cela peut-être ne lui eût pas suffi, il eut une *intelligence*. »

Cette intelligence et ce cœur, qui remplacèrent d'une façon si avantageuse le caillou du patriarche, appartenaient à Madame Hello, à la nonpareille *Maman Zoé*, comme la nommait déplorablement son mari qui ne s'aperçut jamais du ridicule hideux de démarquer ainsi Jean-Jacques Rousseau.

Cette dame, qui a ouvert le trésor de ses souvenirs et de ses petits papiers au profanateur et qui est devenue, pour sa récompense, l'héroïne casquée d'un livre exécrable, eût mieux fait, je crois, d'employer ses derniers ans à demander pardon pour son crime d'avoir dégradé, rapetissé jusqu'à sa mesure et finalement avili l'un des plus nobles poètes.

Je l'ai connue, il y a plus de quinze ans, lorsqu'Hello, tout fervent de son amitié pour moi, voulut que je contemplasse l'ange de sa vie.

Elle m'accueillit avec le miel et le beurre de l'Emmanuel, en attendant l'heure peu lointaine où elle devait me crever le cœur.

Je n'eus pas de peine à deviner que j'étais en présence d'une épouse inaccessible et d'une ménagère du plus grand ordre qui devait avoir, depuis très longtemps, percé la chaise de son mari pour qu'il n'eût pas à se déranger de ses écritures.

Le pauvre Hello se laissait débarbouiller, peigner, habiller de la tête aux pieds, comme un enfant. Il en était venu à ne plus pouvoir mettre son pantalon sans sa femme.

Un jour, celle-ci étant malade et le vétérinaire qui la soignait (1) tardant à venir, je fus le témoin éperdu de la plus inconcevable des scènes. Hello bousculant tout, *pedibus et manibus offendens*, faisait des dizaines de kilomètres dans la chambre, en poussant des clameurs de désespoir. Livré à une rage de démoniaque, invoquant avec frénésie toutes les catastrophes connues et toutes les catastrophes inconnues, il avait l'air de traîner par les cheveux les Trois Personnes de la Trinité, maudissant surtout la Rédemption qui ne pouvait être que dérisoire, puisque sa *maman*, immobilisée trois ou quatre jours par l'arthrite ou le lumbago, s'interrompait de le boutonner.

J'entrevis alors la profondeur de cette misère. Je compris que cette indigence de la volonté, la plus parfaite sans doute qu'on pût voir et qui était à faire sangloter de compassion, devait être le chef-d'œuvre de beaucoup d'années de patience. Le malheureux homme avait été littéralement émietté.

L'extrême susceptibilité nerveuse dont il souffrit dès son enfance l'avait désigné comme une proie vraiment trop facile à la sollicitude implacable de la Minerve qu'il épousa.

Une chrétienne eût entrepris de guérir cette volonté malade et se fût elle-même si complètement *effacée* que le biographe le plus attentif

---

(1) Exact.

l'aurait à peine aperçue. Mme Hello fit exactement
le contraire.

Despotiquement, elle infligea son *ordre* et son
équilibre de bourgeoise à ce Benjamin de l'Extase
qui crut, dans sa simplicité d'innocent, avoir
besoin de l'un et de l'autre, et lui prit son âme en
échange.

L'âme d'Hello! la plus grandiose et la plus
dénuée des âmes qui furent. A la distance de
plusieurs années, le souvenir m'en revient tel
qu'un cauchemar. J'ai cru la voir, cette âme de
tribulation et de désir, impitoyablement, conti-
nuellement refoulée dans un couloir ténébreux
et de plus en plus étroit où elle se serait tordue,
contractée, crispée, ratatinée comme une feuille,
avec d'infinies angoisses.

Ah! ce n'était pas un *homme* qu'il fallait à
Mme Hello! Qu'en eût-elle fait, la pudibonde? Il
lui fallait un *enfant infirme*, toujours plus infirme,
tremblant devant elle, vivant par elle, *pensant
d'après elle*, ne croyant qu'en elle (1).

Et pourquoi cela? juste Dieu! Pour qu'écla-
tassent les magnificences de sa judiciaire de pot-
au-feu, et pour qu'il fût dit un jour par un avor-
ton littéraire, à la face d'un monde ricaneur,
qu'elle avait été la Béatrix ou la Mentoresse du
grand homme qu'elle émascula. *Amariorem morte
mulierem*, dit l'Ecclésiaste.

---

(1) La dépression graduelle et systématique d'Hello fut
calculée si sûrement que jusqu'à son dernier jour, 14 juil-
let 1885, il conserva ou *parut* conserver son illusion, bénis-
sant, ayant de mourir, une providence carnassière qui le dévo-
rait. Là est le chef-d'œuvre.

— « *Maman Zoé*, murmura-t-il, vous m'avez fait vivre trente
ans. Vous avez été une mère pour moi, une femme bonne, un
ANGE, *dans le vrai sens du mot.* »

On sait que le vrai sens du mot ange est *messager, porteur
de nouvelles.* Que voulut dire ce moribond qui trempait à
moitié dans l'ombre et à moitié dans la lumière?

Trente ans! Il eût mieux valu, Madame, ne le laisser vivre
que dix ans, et que ces dix ans eussent été d'un HOMME.

IV

Mon cher monsieur, nous sommes dans l'impossibilité absolue de faire ce que vous nous demandez. Heureusement pour nous, car s'il n'y avait pas eu impossibilité absolue, nous aurions été à la torture. Nous aurions vu se dresser devant nous mille impossibilités relatives et secondaires, mille raisons de faire la chose et mille raisons de ne la point faire. *L'impossibilité absolue nous sauve.*

Mᵐᵉ Eʀɴᴇsᴛ Hᴇʟʟᴏ ᴀ Lᴇᴏɴ Bʟᴏʏ.

Moi, je ne me trompe jamais.

Dᴇ ʟᴀ ᴍᴇ̂ᴍᴇ ᴀᴜ ᴍᴇ̂ᴍᴇ.

« Seigneur, je ne peux pas porter votre Croix autrement qu'en lumière.

« Je suis si misérable qu'il a fallu quelqu'un qui payât ma place pour mon passage.

« Je ne suis pas un homme, je suis un enfant.

« O Dieu, je ne puis ni agir, ni supporter, ni attendre.

« Je suis un prodige de faiblesse.

« Vous savez que je suis trop faible pour vous servir dans la souffrance. Là n'est pas mon type... La joie donc ! la joie !

. . . .

« Seigneur, je suis un homme de désir ; j'ai cela et je n'ai que cela ; je vous offre mon encens, ma seule richesse.

« Seigneur, je suis trop faible pour souffrir et pour mourir.

. . . .

« O Dieu, souvenez-vous que votre main a allumé les étoiles : *donnez* comme vous *êtes*, splendidement, immensément. Accablez mes désirs sous l'énormité de vos dons. Faites-moi dire : Dieu est grand, et je ne le savais pas. Dieu est Dieu et moi je dormais...

« Ne me demandez rien, donnez-moi tout. Faites suivant nos deux natures. Versez à pleines mains. Vous êtes l'être, moi le néant. Dieu qui êtes, donnez comme vous êtes, sans réserve afin que je vous reconnaisse. Je suis celui qui ne suis pas, j'ai besoin de tout, Dieu qui êtes tout, donnez tout à celui qui n'est rien et qui a besoin de tout et qui se tient sous la

table comme la Chananéenne. Vous n'avez pas été avare quand vous avez jeté les étoiles dans le ciel...

« Magnificences, magnificences,... ne soyez pas en fête sans nous !...

« Père, le désir est venu des collines éternelles, et ma poitrine a éclaté,

« Délivrez l'*Alleluia* qui veut monter vers vous, car mon cœur éclate et il ne se contient plus.

«... O Dieu qui tenez dans vos mains l'haleine de la création, recevez enfin comme un encens nouveau le cri suprême dont je vis et dont je meurs.

«... Les écluses sont ouvertes ! les cataractes sont vaincues. Ruisselez, torrents de joie, sur les désirs qui brisent les cœurs ! Ruisselez, torrents de gloire ! *Alleluia*...

« Guérissez-moi, exaucez-moi ; je suis la créature la plus misérable qui soit sortie de vos mains et je n'ai rien autre chose à dire... Pitié pour le pauvre enfant malade qui n'en peut plus...

« Seigneur, le néant n'a ni droit ni pouvoir ! je ne suis rien, je ne peux rien !...

« Ne soyez pas invincible, *puisque* vous êtes Dieu...

« Père qui prenez plaisir à céder, étant la Toute-Puissance, à vous baisser, étant la Toute-Hauteur, à être vaincu, étant la Gloire... *Exaucez-moi sans mérite, comme vous m'avez créé de rien*...

« Ce désir immense et indéterminé qui m'a toujours séparé de *toutes* les créatures, ce trait de feu qui passait entre moi et les enfants de mon âge,... cette impuissance de me satisfaire, ce dégoût inexprimable de la limite, même éloignée, tout cela, c'est le fond du cœur de l'homme, c'est-à-dire le désir de voir la Face de Dieu. Sa Face, c'est sa Gloire... Et sa Face, je vais la voir, sur la terre, car je l'ai désirée. *Alleluia* !

« Je vais la voir et tomber mort, puis je me relèverai revêtu de sa ressemblance, et alors je parlerai. »

Ces *prières*, dignes du meilleur Verlaine de *Sagesse*, écrites loin des yeux de M⁰ᵉ Hello et cachées avec soin dans un tiroir mystérieux où

elles ne furent découvertes qu'après la mort, sont
terribles.

Fallait-il que le malheureux en eût sur le cœur
et qu'il sentît sa détresse pour trouver de tels
accents! La lecture seule de la honteuse et gro-
tesque biographie peut donner une idée du gouf-
fre de misère où il était descendu.

Que pensez-vous, par exemple, de l'introduc-
tion de la viande dans la vie contemplative?

C'est un chapitre à la louange de Mme Hello,
bien entendu, comme tous les autres, sans excep-
tion, mais plus spécialement écrit *sous sa
dictée*.

Le copiste ayant établi que « la même main qui
n'avait qu'à se promener sur les touches du piano
pour *en faire jaillir des flots d'harmonie*, n'était
pas moins remarquable à faire rôtir un poulet »,
termine le poème de la très savante cuisson d'un
bifteck, *absolument indispensable* à l'éclosion des
pensers sublimes, par cette simple réflexion que
j'oserai qualifier de virginale :

« Le couteau de cuisine que vous voyez entre
les mains de la femme d'Ernest Hello est, pour
elle, un moyen de tailler la plume de son
mari. »

On a soin de rappeler que cette épouse, « étant
la gardienne de ce beau génie, a, de la sorte,
collaboré à son œuvre et qu'elle a sa part CA-
CHÉE (!!!) dans ses inspirations ». Il ne tient qu'à
nous de conclure que les dix ou quinze grands
chapitres de l'*Homme* ou les deux cents pages
sublimes éparpillées çà et là furent beaucoup
moins écrits que rôtis après d'excellents repas.

« *Nul ne sait ce que peut une côtelette tendre sur
l'esprit d'un homme.* »

Il y a aussi l'histoire d'un chien consolé toute
la nuit par Mme Hello pour qu'il ne troublât pas
de ses hurlements le sommeil du « cher malade »,
anecdote quelque peu déshonorante pour son
mari, que l'héroïne raconte sans fatigue à toute
la terre, depuis environ vingt ans.

« *Nul ne sait ce que l'aboiement d'un chien peut nous ravir de chefs-d'œuvre.* »

Ces choses, je pense, n'ont pas besoin de très amples commentaires. Ernest Hello n'aurait pu *rien* faire sans sa femme. Elle lui a donné la vie physique, la vie intellectuelle et la vie morale. L'auteur de *l'Homme* doit TOUT à son mariage et le genre humain, à son tour, pour ne rien dire du monde angélique, est redevable à *Maman Zoë* de la fructescence de ce « beau génie ».

Voilà ce qu'il s'agissait de notifier à quelques peuples,... la personnalité même du malheureux, — déjà si posthume avant d'être mort, — dût-elle irréparablement succomber sous le ridicule de pareilles divulgations.

V

> Ici on viole, là on tue, un peu
> plus loin on *estropie.*
>
> Mⁱˢ DE SADE.

L'influence mauvaise dénatura si complètement Hello que, parfois, on se demande si vraiment il était fait pour être écrivain.

L'absence opiniâtre, invincible, de ce *style personnel* qu'il ambitionna toute sa vie, est une chose confondante quand on considère ce qui, pourtant, est sorti de lui.

Son indigence le condamnait au Sublime, — à perpétuité. Et il ne pouvait s'en évader que par les cloaques de la niaiserie. Quand il ratait le sublime, et il le rata souvent, la médiocrité même lui devenait aussitôt un Himalaya. Il tombait, comme la foudre, juste au niveau de l'exécrable. La misère indicible de ses *Contes* en est la meilleure de toutes les preuves.

« La force en lui, écrivait d'Aurevilly, — une force intellectuelle par moments immense, — tout à coup se fond en faiblesse. » Et quelle faiblesse !

« Son style eunuque et flétri par le commerce

exclusif de frigides pédants et de soutaniers ton-
deurs, disais-je à mon tour, en 1889, aurait pu
devenir tout à fait artiste, s'il avait su trouver
assez d'énergie dans sa raison pour s'enquérir d'un
autre milieu. Il n'osa jamais, et sa punition fut
d'être l'auteur des *Contes extraordinaires* (1), où
la plus emphatique anémie déshonore d'obscures
adaptations de sa philosophie religieuse aux réa-
lités dramatiques de la vie. Voilà pour l'amoureux
d'art, hélas !

« Quant à l'altéré de Justice, au millénaire, il
n'avait pas à subir un si grand déchet; mais l'indigence de sa forme rendit blafarde, quelquefois,
jusqu'à l'expression de sa charité, tant l'écriture
humaine est un mystère ! » (2)

Quelques-uns, sans doute, eussent été capables
de l'avertir, mais ce qu'il pouvait avoir d'*énergie
dans sa raison* avait été confisqué si sévèrement
que rien n'était plus à entreprendre ni à espérer.

Ayant été certainement l'un des hommes qu'il
aima le plus, je fus assez téméraire pour essayer
quelque chose. Mon compte fut bientôt réglé.
Maman Zoé lui fit comprendre que j'étais *possédé
du diable*; et l'obéissance de cet enfant discipliné
fut si parfaite qu'en un clin d'œil il m'abandonna
pour toujours.

La dernière fois que je le vis, en 81, il venait
à ma rencontre, sans le savoir, et ne m'aperçut
qu'à la distance de cinquante pas environ...
bondit en arrière, franchit la rue de Sèvres comme
un oiseau et disparut.

Il est mort quatre ans plus tard sans qu'on
daignât m'en informer.

Ce fut une de mes peines les plus dures et c'est
en ce sens que j'ai dit que Mme Hello m'a crevé
le cœur. Je doute que le souvenir de cette injus-

---

(1) L'une de ses plus grandes misères fut son impuissance
à trouver des titres : *L'Homme, Paroles de Dieu, Contes
extraordinaires, Les Plateaux de la Balance,* etc.
(2) *Un Brelan d'Excommuniés.*

tice fasse fleurir les rosiers miraculeux autour de
son lit d'agonie...

Douloureux homme qui se consumait du désir
de contempler la Face de Dieu et qui n'aperçut
jamais l'obstacle ! Tout ce qu'il pouvait avoir de
volonté propre, de fierté, de générosité, de courage, tout ce qui eût été vraiment *Lui*, lui fut
soutiré avec la lenteur affreuse des vampires.

Ce que Dieu donnait à ce pauvre tout en larmes,
ce qui était le fruit d'or de son jardin clos, l'émo-
lument et le tison de sa prière, cela même fut
intercepté.

Ne fallait-il pas que Jean Lander (1) pût écrire
*le Chemin de la vie, Marguerites en fleurs, Récits
villageois*, etc. (livres édifiants où les plus hautes
conceptions d'Hello nous sont servies dans du
caramel ?

On lui passait, en retour, les sentences médi-
camenteuses de la plus abjecte sagesse, et c'est
ainsi qu'on a pu voir, tant de fois, ce contempla-
teur torturer son propre génie pour qu'il s'alignât
aux sottes formules dont *Maman Zoé* peuplait
son Thabor. Transposition effroyable !

L'*ordre* bourgeois de Mme Hello qui fut, en
réalité, le désordre même de l'enfer ; l'équilibre,
le bon sens, la dignité, la juste mesure, la saine
raison, dont elle creva son mari, se réduisirent,
en fin de compte, à cet avilissement dernier que
je ne vois pas le moyen de nommer autrement
que le délire de la réclame (2).

« Hello, nous dit l'imbécile trop de fois cité,
n'aurait pas voulu crier dans le désert, comme
Jean-Baptiste (3). » Devenu la proie d'un sophisme,

---

(1). Pseudonyme de Mme Hello.

(2) Pas même la publicité, la vile réclame. Il aurait, avec
joie, lu son nom dans les pissotières.

(3) A rapprocher de la sottise mentionnée au commencement du § III. Aux yeux de son historien, Hello a été *plus
heureux que Jacob et n'aurait pas voulu être comme Saint Jean* !
On est prié de ne pas oublier que l'individu qui s'exprime
ainsi est un bon chrétien.

de dérision qu'il aurait fallu dissiper amoureuse-
ment avec les parfums de l'Archange, et toujours
persuadé que sa propre *gloire* eût été la Gloire
de Dieu, on a vu ce famélique de la Splendeur
parcourir des bureaux de rédaction, s'offrir, du
matin au soir, à l'insolence des cochons de plume,
dans l'espérance, toujours déçue, d'en obtenir
quelques lignes, quelques sales lignes !... Il eût
espéré le règne de Dieu d'un Lepelletier ou d'un
Chincholle !...

Quand on n'a pas vu cela, on ne connaît pas
le fond de l'ignominie.

VI

> On ne m'ôtera pas de l'esprit que
> la paternité seule pouvait le sauver.
> Qui sait si le devoir de Mme Hello,
> son unique et profond *devoir*, n'était
> pas de lui faire des enfants, *n'importe
> comment.*

Voici maintenant quelques papiers, aussi parfaitement inédits que le puissent être de vieux
messages enfouis, depuis des années, au fond
d'une armoire.

A BARBEY D'AUREVILLY

Kéroman-Lorient
(Morbihan) (1).

Monsieur,
Je ne reçois rien de vous. Votre article n'aurait-il
pas paru ? Je n'ose pas vous le demander. Il est impossible qu'il n'ait pas paru. Car je suis parti, empor-
tant votre parole d'honneur.

Ma main tremble en vous écrivant. Est-ce qu'il est
possible que vous fassiez comme les autres et que
vous m'abandonniez ? Faire comme les autres, cette
chose hideuse et commune, ce crime bourgeois, faire

---

(1) Toutes ces lettres, de 1876 à 1881, sont sans dates. L'un
des signes caractéristiques d'Hello, c'est qu'il n'avait pas la
notion du temps.

comme les autres, abandonner celui que tout aban-
donne, oublier l'absent, oublier l'exilé, cracher sur
celui qui est sans armes et sans défense, le crime des
crimes, le crime par omission, celui auquel sont réservés uniquement les anathèmes du Jugement dernier:
« J'avais faim et vous ne m'avez pas donné à man-
ger, etc. »; Il m'est absolument impossible d'associer
cette chose froide, vulgaire et hideuse, à votre nom
que j'aime et que j'admire.

Vous, le grand critique, hardi et chevaleresque,
vous qui avez faim et soif de justice, vous le défenseur
éloquent et sublime des abandonnés, vous feriez comme
les autres ! vous, d'Aurevilly !

Et moi qui, après avoir écrit :

L'Athéisme au XIXe siècle,
Le Style,
Angèle de Foligno,
Rusbrock,
Jeanne de Matel,
Le Jour du Seigneur,
L'Homme,
Physionomies de Saints,
Paroles de Dieu,
Le Croisé, etc.,

moi qui, après cela, n'ai pas un journal pour y pla-
cer un article, moi qu'on a envoyé vivre au fond d'une
campagne, je serais abandonné par d'Aurevilly !

Non, cela n'est pas. Cela n'est pas possible. Je ne
peux supporter cette pensée. Elle m'obsède la nuit.
Je vous demande au Nom de Dieu et par votre Salut
Éternel de m'envoyer votre article.

Cette lettre n'est que pour vous seul ; ma main a
tremblé en l'écrivant (1).

ERNEST HELLO.

---

(1) Il n'est pas inutile de faire observer que cette lettre
fut écrite après que Barbey d'Aurevilly, qui n'était pas un
« cochon de plume », avait déjà, moitié par miséricorde et
moitié par admiration véritable, publié une demi-douzaine
d'articles éclatants sur les livres ou la personne d'Ernest
Hello.

À LÉON BLOY.

Kéroman-Lorient.

Bien cher ami,

Mille et mille remerciements de votre lettre. Elle contient des mots que je n'oublierai pas.

Depuis que je suis ici, mes malheurs visibles et connus ont été comblés et surpassés par des douleurs nerveuses et des souffrances physiques singulières dont le retentissement moral est horrible en moi. Je sens moralement la souffrance physique et elle détruit en moi quelque chose de particulier qu'elle ne détruit pas dans les autres hommes.

J'insiste près de vous sur ce point, afin que vous insistiez aussi sur lui près de Dieu, dans la prière.

Je vous remercie du pressentiment que vous gardez relativement à moi et, à vous, relativement à moi. Il est probable que nous touchons à un événement qui sera l'*Evénement* plutôt qu'un événement. Il faut que cet événement soit l'Avénement, ou tout est perdu. Comme c'est du Salut qu'il s'agit, il faut prier au nom de Jésus.

La guerre qui semble approcher est probablement l'espèce sous laquelle se présente l'Evénement. Il faut que cette guerre soit autre chose que les guerres ordinaires. Il faut qu'elle soit celle que prédit l'Apocalypse.

Ecrivez-moi souvent, je vous en prie. Il est possible que je revienne à Paris pour quelques moments, dans un mois. Je descendrai à l'hôtel, n'y ayant plus d'appartement. Comment avez-vous fait pour faire passer votre article à la Revue?

Et l'article sur moi, le faites-vous? Votre talent est grand, et votre courage est très grand. Vous avez le courage de devancer l'avenir.

Vous ne me parlez pas de M. d'Aurevilly. Où en est-il de ses Bas-bleus? Se souvient-il de moi? Et l'abbé T...? Soyez assez bon pour me donner de ses nouvelles. Est-il à Paris? Si vous le voyez, dites-lui de prier pour moi.

Cher ami, votre lettre prouve bien que le temps et l'espace n'existent pas pour vous. Vous êtes un des représentants de la Postérité parmi nous.

Je vous recommande par dessus tout de prier et de faire prier pour ma femme et pour moi.

Je vous embrasse,

ERNEST HELLO.

Keroman.

Très cher ami,

Depuis sept mois environ, j'ai un livre sous presse, chez Palmé. Je ne vous en parlais pas. Je voulais vous en faire la surprise. Mais comme je n'ai plus de ses nouvelles, c'est à vous de m'en donner. Ce livre de critique a pour titre : *Les Plateaux de la Balance.*

Peut-être a-t-il paru sans que j'en sache rien. Peut-être est-il oublié chez le brocheur Dax, rue de Vaugirard. Seriez-vous assez bon pour prendre aujourd'hui même ces renseignements chez Palmé et me les donner immédiatement ? Si le livre a paru, vous en prendriez un exemplaire pour vous et un pour d'Aurevilly. Pourriez-vous savoir s'il est chez Dax ?

Pourriez-vous veiller vous-même à m'en faire envoyer de chez Palmé au moins deux exemplaires ?

Et vos articles ? J'ai écrit à Paul Féval, relativement à eux. Paul Féval m'a répondu immédiatement une lettre aimable. Il me dit que l'insertion de ces articles est promise, qu'il va insister et revoir Palmé à cet effet.

Il ajoute que lui-même baisse chez Palmé. Mes articles à moi ne paraissent plus du tout à la Revue (1).

Puisque vous irez chez Palmé, tâchez d'être maître de vous et parlez de vos articles. Ne renoncez pas. Agissez doucement, avec obstination.

Je vous remercie mille fois des magnifiques pages que vous m'avez envoyées. Je les ai lues à la personne qui peut, à Lorient, les comprendre. Elle en a été enthousiasmée. J'attends le cahier que vous m'annoncez. Je l'attends avec impatience.

Quant aux Événements, je meurs de tristesse. Rien ! Rien ! Rien ! Vous ne me parlez plus du signe demandé. Le confesseur d'A. M. avait parfaitement raison de demander des signes. Les demande-t-elle ? Quant à moi, je meurs de leur absence. Je souffre physiquement, je suis faible, et je meurs du besoin d'obtenir quelque chose. Les idées ne me suffisent pas ; il me faut des faits, des faits évidents, palpables, sensibles, grossiers et actuels (2).

Concentrez toute votre prière et toute celle de vos amis sur cette nécessité de faits actuels. Il nous faut

(1) *Revue du Monde Catholique.*
(2) Je voudrais un miracle *naturaliste*, me disait un jour Huysmans.

absolument des témoignages terrestres. Car ce sont
l'eau, le sang et le feu qui rendent témoignage sur la
terre. Des faits ! Des faits ! Des faits ! Des signes !
J'aime mieux un : *tiens* que cent mille : *tu l'auras*.
Précipitez toutes les prières possibles sur ce même
point, et, puisque je n'en peux plus, obtenez que je
voie *aujourd'hui*.

Seriez-vous assez bon pour me donner immédiatement des nouvelles de mon livre ? Est-il chez Palmé ?
Est-il chez le brocheur ?

Mille amitiés. Écrivez-moi et envoyez-moi un
cahier.

ERNEST.

Kéroman-Lorient (Morbihan).

Très cher ami,

Je vous remercie de m'avoir donné de vos nouvelles.
Quant à moi, j'ai été très souffrant, physiquement et
moralement. La chaleur m'a fait mal et les Événements n'arrivent pas. Je suis infiniment plus abattu
que vous. Autrefois j'ai passé ma vie dans la prière.
Puis, plus tard, dans le blasphème ; maintenant dans
le mutisme. Ce n'est pas le silence ; c'est le mutisme.
Je suis muet, tant que la prière n'est pas exaucée.
Je crois que j'en souffre plus épouvantablement que
vous, car je ne peux plus parler.

Vous allez donc à la Salette ? Je n'ai qu'une chose
à vous dire, c'est de prier pour moi, afin que je *voie*
ma prière exaucée. Je suis constitué dans la nécessité
absolue de voir. Je suis infiniment plus perdu que
vous, si je ne vois pas le triomphe en ce monde.

Il n'est plus temps pour moi de parler. Je n'ai pas
la force de crier. Je subis la mort sans phrase. Le
contraste est tellement effroyable entre les anciennes
expériences et la réalité que celle-ci m'empêche de
parler de celles-là.

Avoir espéré ce que j'ai espéré et été absorbé à
chaque instant par des douleurs physiques et par des
inquiétudes de la même nature qui écrasent l'âme !

Il y a un état où les espérances d'autrefois apparais-
sent comme des ironies et l'on a presque honte de s'en
souvenir. L'échec est tellement horrible qu'il ne peut
même plus être exprimé par des cris. On se cache la
tête et on ne dit plus rien, car toute Parole est du
domaine et du ressort de l'Espérance. Quand celle-ci
fait défaut, l'homme est sourd et muet.

Je remarque que les autres peuvent encore parler. Je crois que j'ai le monopole de la faiblesse infinie. Le souvenir de mes antiques prières m'écrase comme la pierre d'un tombeau. Quand on a ainsi prié, que peut-on faire désormais ? Où aller ? A qui aller ? Je suis l'être humain qui a le plus besoin de secours. Faites de votre Pèlerinage une prière immense pour moi. Faites que je *voie* mes prières exaucées.

Le supérieur des missionnaires de la Salette, le père Giraud, passe pour un saint. Peut-être sera-t-il, en septembre, à la Salette. Je ne l'ai jamais vu. Mais je lui ai écrit. Si vous le voyez, recommandez-moi à ses prières (1).

En général, recommandez-moi, avec mes intentions, à toutes les personnes priantes que vous rencontrerez, même à celles qui vous paraîtront insuffisantes et sans envergure. Les grands n'ont pas réussi. Faites prier les petits.

Tous ceux que vous rencontrerez : Prêtres, Missionnaires, Religieuses, Pèlerins, jusqu'aux enfants à la mamelle, faites-les prier pour moi, et pour ma femme, et à mes intentions.

Peut-être votre Pèlerinage vous procurera-t-il, dans cet ordre-là, quelque rencontre. Recherchez les prières de ceux qui nous ressemblent le moins. Ne méprisez pas les lèvres. Votre plume de fer rouge doit servir à quelque chose. L'Ecriture que vous aimez tant est *écrite*. La Bible signifie le *Livre*.

A propos du Livre, vous ne me parlez pas du mien. Si, par hasard, vous ne l'avez pas, prenez-le ou faites-le prendre. D'Aurevilly a fait sur lui un article très rapide, dont je le remercie beaucoup. Donnez-moi de ses nouvelles. Souvenir à A. M.

Et quant à vous, très cher ami, bon voyage ! Ne renoncez pas à votre livre. En attendant, écrivez mon nom sur la poussière des grandes routes que vous allez parcourir, comme le nom de celui qui ne peut pas se passer de voir et de toucher ce qu'il a demandé et voulu !

Vous crierez mon nom du fond de tous les abîmes et du sommet de toutes les montagnes, comme le nom de celui qui veut absolument et éperdument voir, voir, voir sur la terre ce qu'il a demandé !

---

(1) Je m'en serais bien gardé. L'aspect seul de ces missionnaires est à crucifier l'Espérance.

Et vous placerez mon nom sur toutes les lèvres,
même les moins éloquentes, même les plus médiocres,
afin que tout, à la fois, dise et crie mon éternelle ré-
clamation !

Je ne saurai où vous adresser mes lettres. Mais je
vous supplie de m'écrire plusieurs fois pendant votre
voyage.

ERNEST.

Kéroman-Lorient.

Combien je devrais vous avoir écrit déjà, cher et
très cher ami ! Je pense à vous, et je vous écris peu.
J'ai été très souffrant depuis mon arrivée ici. J'ai eu
des douleurs névralgiques et j'ai passé bien des jours
dans d'épouvantables découragements.

Le prêtre de la rue d'Ulm a dit à A M. ce que je lui
avais dit moi-même. Il faut un signe. Ce signe ne doit
pas être une chose indifférente en elle-même. Il faut
qu'il soit important par son objet propre, important
par lui-même, important en tant que chose obtenue,
et important en tant que signe des autres choses à obtenir. Il faut qu'il soit à la fois satisfaction et gage
des satisfactions !

Or nous mourons de besoins, actuels et dévorants.
Il faut donc que nos plus actuels et plus dévorants
besoins soient actuellement satisfaits. Il faut santé,
succès, Evidence. Voilà le signe nécessaire.

Il y a un mot dans l'Ecriture qui résume tout :
*Fac mecum signum in bonum ut videant qui oderunt
me et confundantur...*

Il faut un signe qui fasse le bien et qui soit la lumière.

Que faites-vous, cher ami ? Ecrivez-vous ? Que
devient ce livre dont le sujet s'est tellement agrandi
qu'on ne sait plus son nom ni son titre ?

J'ai besoin de voir vos articles sur moi imprimés.
Le *Correspondant* était un échec tellement certain
que ce n'est pas même un échec. Il faut toute la jeu-
nesse de Mme Zamoyska et toute son innocence pour
y avoir un instant songé.

Mais pour la *Revue*, il faut cultiver Tr. Voyez-le,
soyez charmant. Contenez toute indignation. Déployez
vos grâces. Et si, malgré ce déploiement, les articles
ne paraissent pas, il faut songer à une brochure.
Entretenez Mme Zamoyska dans cette pensée que j'ai
besoin de cette publication et que l'enterrement de

ce magnifique travail est un crime et un malheur qui pèsent sur moi (1).

Ne feriez-vous pas bien de voir vous-même le prêtre de la rue d'Ulm ? Dites-moi tout ce que vous faites et, s'il est possible, tout ce que vous pensez, tout ce que vous entendez dans l'air, tous les bruits qui passent sur vous et autour de vous.

M. d'Aurevilly a-t-il fait ses Pâques ? Rappelez-moi à son souvenir. Je pense à A. M. Ayez avec elle tous les genres de prudence et, quoi qu'elle dise de bon ou de mauvais, écrivez-le moi. Je voudrais avoir les pages que vous écrivez ou que vous pensez à écrire.

Mille et mille amitiés.

ERNEST.

Kéroman-Lorient (Morbihan).

Cher ami, votre lettre a fait sur moi une impression profonde. Très souffrant et très désolé moi-même, je remettrais ma réponse à plus tard, si je ne pensais que peut-être vous attendez un mot de moi, et que peut-être un silence même court ressemblerait à de la froideur.

Je n'essayerai pas de vous dire l'horreur que me fait notre situation. Cette déception épouvantable échappe à la parole et tout ce qu'on en dirait serait moindre qu'elle.

Mes cris sont morts de leurs excès et me paraîtraient peu de chose maintenant auprès de la situation qu'ils essayeraient d'exprimer.

Je vous écrirai plus longuement. Je ne vous dis aujourd'hui que deux paroles.

Voici la première : Que le désir des grandes choses ne vous fasse pas négliger les petites. Ne méprisez pas vos articles sur moi. Soignez vos affaires. N'interrompez pas votre livre.

Je viens d'écrire à Paul Féval de rappeler vos articles à Palmé. Si vous ne pouvez voir Palmé, soignez et entretenez Paul Féval. Faites les affaires au jour le jour, et n'en négligez aucune. Vous devriez vous habituer à la douceur et devenir capable de voir

---

(1) Ce magnifique travail était un incontestable dithyrambe de douze ou quatorze cents lignes dont quelques rognures à peine s'utilisèrent dans le second chapitre du *Brelan d'Excommuniés*, publié dix ans plus tard, quand j'étais devenu un écrivain, pour mon éternelle damnation.

Palmé, Vous avez peut-être fait toutes les prières, excepté celle-là. Qui sait si par hasard celle-là ne serait pas la meilleure ?

Devenez doux, et faites de cette douceur une prière pour nous tous.

Voilà pour les petites choses. Il faut les faire. (1)

Quant aux grandes, puisque personne ne peut les faire, il faut me les dire. Tout ce que vous pensez et tout ce que A. M. vous dit de plus extraordinaire, les choses trop étranges pour être supportées, même par moi, ce sont celles-là que j'attends.

Dites-moi les choses les plus énormes. Et *faites* les choses les plus simples, les plus petites, il le faut. (2).

Et priez de toutes vos forces pour ma santé qui est pitoyable.

A revoir, cher ami, donnez-moi bien vite de vos nouvelles. Et dites-moi les choses trop étonnantes pour être supportées.

ERNEST.

VII

In similitudinem aquilæ volantis cum impetu.

DEUTÉRONOME, 28.

A vous, maintenant, mon très cher Henry de Groux, Sosie prodigieux du grand Hello, qui m'épouvantâtes, un jour, de cette ressemblance terrible, et que j'aime *surtout pour cette raison,* quoique vous soyez, peut-être, le plus grand artiste du monde.

C'est pour vous, le visionnaire brûlant du *Christ aux Outrages,* que fut opéré, non sans fatigue, ce travail de nettoiement d'une face de douleur et de splendeur, — votre propre face, — qu'on essayait de couvrir d'ordures.

Qui donc, mieux que vous, ô très cher, pourrait me comprendre ? Il y a des jours, vous l'avez

---

(1) Platitudes évidemment écrites par le pauvre grand homme sous la dictée de sa femme. La *bonne* Mme Hello croyait qu'il y a de « petites choses ».

(2) Encore !

souvent remarqué, où je sais à peine qui vous êtes, où j'hésite avant de prononcer votre nom, tellement je vous vois identique à ce Méconnu,— dont la sottise ou la vanité de ceux qui l'ont égorgé profane aujourd'hui jusqu'à la poussière.

Votre Ménechme ne pouvait contempler Dieu que dans une rafale de gloire. Missionné, je tiens à le supposer, pour l'achèvement de son œuvre, vous n'avez pu nous montrer ce même Dieu que dans le tourbillon sanglant des ignominies. Est-ce que ce n'est pas exactement la même vision, dans l'Absolu ?

Mais il me semble que vous avez reçu la meilleure part. Le Sang est plus fort que la Lumière, et vous savez que la Mort du Christ a obscurci le soleil.

Ne serait-ce pas sublime que le malheureux Hello, qui abaissa tant son cœur, dans son désir insensé de réduire en esclavage l'attention des hommes, eût été condamné mystérieusement à ne triompher qu'*en vous* qui portez votre âme si haut et pour qui le parfait opprobre est le suffrage de la multitude ?

Paris. — Typ. A. DAVY, 52, rue Madame. — *Téléphone*.

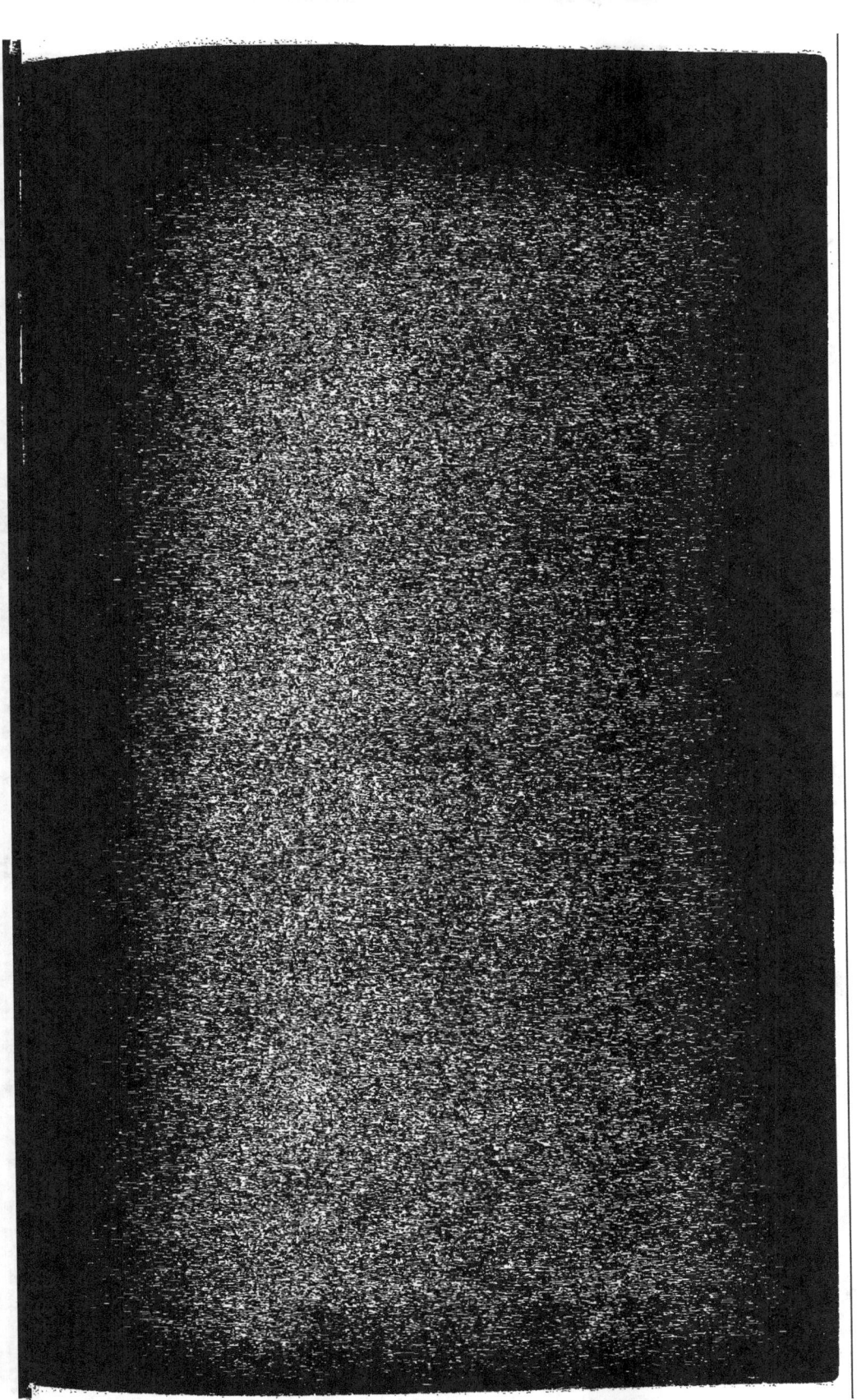

LÉON BLOY · III · ON ASSASSINE LES GRANDES HOMMES